我會說故事

螞蟻和蟋蟀

新雅文化事業有限公司

www.sunya.com.hk

我會説故事
螞蟻和蟋蟀

插　　　畫：伍中仁
責任編輯：甄艷慈
美術設計：李成宇
出　　　版：新雅文化事業有限公司
　　　　　　香港英皇道499號北角工業大廈18樓
　　　　　　電話：（852）2138 7998
　　　　　　傳真：（852）2597 4003
　　　　　　網址：http://www.sunya.com.hk
　　　　　　電郵：marketing@sunya.com.hk
發　　　行：香港聯合書刊物流有限公司
　　　　　　香港荃灣德士古道220-248號荃灣工業中心16樓
　　　　　　電話：（852）2150 2100　　傳真：（852）2407 3062
　　　　　　電郵：info@suplogistics.com.hk
印　　　刷：中華商務彩色印刷有限公司
　　　　　　香港新界大埔汀麗路36號
版　　　次：二〇一四年七月初版
　　　　　　二〇二三年一月第八次印刷

ISBN 978-962-08-6151-2

給家長和老師的話

      對於學齡前的孩子來說，聽故事、說故事和讀故事，都是他們樂此不疲的有趣事情，也是他們成長過程中一個非常重要的經驗。在媽媽、老師那溫馨親切的笑語裏，孩子一邊看圖畫，一邊聽故事，他已初步嘗到了「讀書」的樂趣。接着，再在媽媽、老師的教導下，自己學會說故事、讀故事，那更是給了孩子巨大的成功感。

      本叢書精選家喻戶曉的著名童話，配上富有童趣的彩色插畫，讓孩子看圖畫，說故事，訓練孩子說故事、讀故事的能力。同時也訓練孩子學習語文的能力——每一個跨頁選取四個生字，並配上詞語，加強孩子對這些字詞的認識。詞語由故事內的詞彙擴展到故事外，大大豐富了孩子的詞彙量。故事後附的「字詞表」及「字詞遊樂園」，既讓孩子重溫故事內的字詞及學習新字詞，也增加了閱讀的趣味性。

      說故事是一種啟發性的思維訓練，家長和老師們除了按故事內的文字給孩子說故事之外，還可以啟發孩子細看圖畫，用自己的語言來說一個自己「創作」的故事，這對提升孩子的語言表達能力和想像力會有莫大裨益。

      願這套文字簡明淺白，圖畫富童趣的小叢書，陪伴孩子度過一個個愉快的親子共讀夜或愉快的校園閱讀樂時光，也願這套小叢書為孩子插上想像的翅膀！

zhù

住

zhù zài
住在

zhù hù
住户

tián

田

tián yě
田野

nóng tián
農田

mǎ yǐ hé xī shuài yì qǐ zhù zài tián yě
螞蟻和蟋蟀一起住在田野

li zài yán rè de xià tiān mǎ yǐ yì tiān dàc
裏。在炎熱的夏天，螞蟻一天到

tiān
天

xià tiān
夏天

qíng tiān
晴天

dōng
冬

dōng tiān
冬天

dōng guā
冬瓜

ǎn máng zhe zhǎo shí wù　　zhǔn bèi guò dōng
兔忙着找食物，準備過冬。

gōng
工

gōng zuò
工作

gōng rén
工人

wán
玩

wán shuǎ
玩耍

wán jù
玩具

xī shuài què bù gōng zuò　zhěng tiān zhǐ gù zhe
蟋蟀卻不工作，整天只顧着

wán shuǎ hé chàng gē　　tā shuō　　mǎ yǐ xiān
玩耍和唱歌。他說：「螞蟻先

sheng xiàng wǒ zhè yàng wán shuǎ duō kuài lè a nǐ
生，像我這樣玩耍多快樂啊，你

yě lái wán wan ba
也來玩玩吧！」

shēng
生

huā shēng
花生

xué shēng
學生

lè
樂

lè yuán
樂園

huān lè
歡樂

7

hǎo
好

hǎo chu
好 處

ān hǎo
安 好

shí
食

shí pǐn
食 品

shí wù
食 物

mǎ yǐ shuō　　　　zài xià tiān　　　wǒ men yīng
螞 蟻 説 ：「 在 夏 天 ， 我 們 應

gāi hǎo hǎo gōng zuò　　　chǔ cún liáng shi a
該 好 好 工 作 ， 儲 存 糧 食 啊 ！」

shuō
說

shuō huà
說話

shuō huǎng
說謊

chù
處

dào chù
到處

zhù chù
住處

mǎ yǐ shuō wán jì xù qín láo de gōng
螞蟻説完，繼續勤勞地工

uò xī shuài què réng dào chù wán
作，蟋蟀卻仍到處玩。

9

kuài
快

kuài　lè
快樂

kuài　màn
快慢

qiū
秋

qiū　tiān
秋天

lì　qiū
立秋

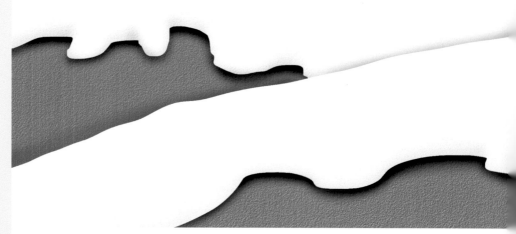

kuài　lè　de　xià tiān jié shù le　　qiū tiān yě
快樂的夏天結束了，秋天也

guò qù　le　　dōng tiān zhōng yú　lái　le　　tiān kōn
過去了，冬天終於來了，天空

huā
花

xuě huā
雪花

kāi huā
開花

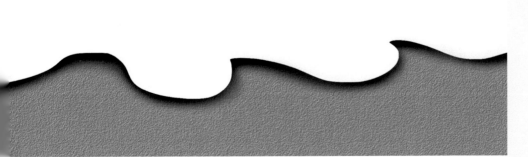

kōng xià qǐ le bái sè de xuě huā dì miàn jié
中下起了白色的雪花，地面結

shàng hòu hòu de bīng
上厚厚的冰。

diǎn
點

diǎn xīn
點心

diǎn tóu
點頭

guǒ
果

rú guǒ
如果

shuǐ guǒ
水果

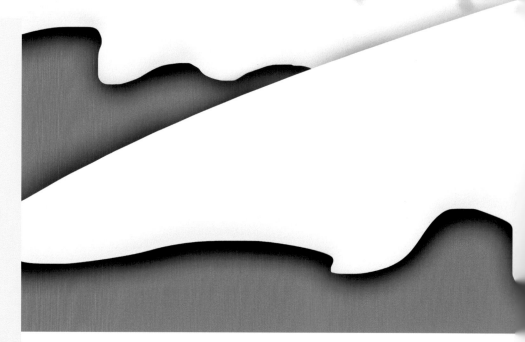

xī shuài dào chù zhǎo shí wù   què yì diǎn
蟋蟀到處找食物，卻一點

yě zhǎo bu dào   rú guǒ wǒ xiàng mǎ yǐ xiā
兒也找不到。「如果我像螞蟻先

duō
多

xǔ duō
許多

duō shǎo
多少

hòu
後

hòu huǐ
後悔

hòu miàn
後面

eng nà yàng zài xià tiān li chǔ cún shí wù gāi duō hǎo
主那樣在夏天裏儲存食物該多好

xī shuài hòu huǐ de xiǎng
可！」蟋蟀後悔地想。

jiào
叫

jiào shēng
叫聲

hū jiào
呼叫

mén
門

mén piào
門票

dà mén
大門

xī shuài è de dù zi gū gū jiào　　　 zh
蟋蟀餓得肚子咕咕叫，只

hǎo qù qiāo mǎ yǐ de mén　　mén kāi le　　xī shu
好去敲螞蟻的門。門開了，蟋蟀

14

lěng
冷

hán lěng
寒冷

bīng lěng
冰冷

wù
物

dòng wù
動物

zhí wù
植物

...uō　　　　　wǒ yòu lěng yòu è　　　　nǐ men kě yǐ gěi
說：「我又冷又餓，你們可以給

...ǒ yì diǎn shí wù ma
我一點食物嗎？」

shí
時

shí jiān
時間

shí hou
時候

xiàn
現

xiàn zài
現在

fā xiàn
發現

mǎ yǐ shuō　　　　xià tiān shí nǐ bù chǔ cún
螞蟻說：「夏天時你不儲存

liáng shi　　xiàn zài zhēn de yào ái è le
糧食，現在真的要捱餓了！」

zhī
知

zhī dào
知道

zhī shi
知識

zuò
作

zuò qǔ
作曲

gōng zuò
工作

xī shuài shuō
蟋蟀說：「我知道錯了，以

 òu wǒ yí dìng huì nǔ lì gōng zuò de
後我一定會努力工作的。」

qǐng
請

yāo qǐng
邀請

qǐng jià
請假

wū
屋

wū li
屋裏

fáng wū
房屋

yú shì   mǎ yǐ yāo qǐng xī shuài jìn rù wū
於是，螞蟻邀請蟋蟀進入屋

li
裏。

dà
大

dà jiā
大家

dà hǎi
大海

dù
度

dù guò
度過

wēn dù
温度

dà jiā yì qǐ kuài lè de dù guò hán lěng de
大家一起快樂地度過寒冷的

dōng tiān
冬天。

字詞表

頁碼	字	詞語	
4-5	zhù 住	zhù zài 住在	zhù hù 住戶
	tián 田	tián yě 田野	nóng tián 農田
	tiān 天	xià tiān 夏天	qíng tiān 晴天
	dōng 冬	dōng tiān 冬天	dōng guā 冬瓜
6-7	gōng 工	gōng zuò 工作	gōng rén 工人
	wán 玩	wán shuǎ 玩耍	wán jù 玩具
	shēng 生	huā shēng 花生	xué shēng 學生
	lè 樂	lè yuán 樂園	huān lè 歡樂
8-9	hǎo 好	hǎo chu 好處	ān hǎo 安好
	shí 食	shí pǐn 食品	shí wù 食物
	shuō 說	shuō huà 說話	shuō huǎng 說謊
	chù 處	dào chù 到處	zhù chù 住處
10-11	kuài 快	kuài lè 快樂	kuài màn 快慢
	qiū 秋	qiū tiān 秋天	lì qiū 立秋
	huā 花	xuě huā 雪花	kāi huā 開花

頁碼	字	詞語	
12-13	diǎn 點	diǎn xīn 點心	diǎn tóu 點頭
	guǒ 果	rú guǒ 如果	shuǐ guǒ 水果
	duō 多	xǔ duō 許多	duō shǎo 多少
	hòu 後	hòu huǐ 後悔	hòu miàn 後面
14-15	jiào 叫	jiào shēng 叫聲	hū jiào 呼叫
	mén 門	ménpiào 門票	dà mén 大門
	lěng 冷	hán lěng 寒冷	bīng lěng 冰冷
	wù 物	dòng wù 動物	zhí wù 植物
16-17	shí 時	shí jiān 時間	shí hou 時候
	xiàn 現	xiàn zài 現在	fā xiàn 發現
	zhī 知	zhī dào 知道	zhī shi 知識
	zuò 作	zuò qǔ 作曲	gōng zuò 工作
18-19	qǐng 請	yāo qǐng 邀請	qǐng jià 請假
	wū 屋	wū li 屋裏	fáng wū 房屋
	dà 大	dà jiā 大家	dà hǎi 大海
	dù 度	dù guò 度過	wēn dù 溫度

字詞遊樂園
「虫」字找朋友

　　小朋友，你有沒有發現「螞蟻」和「蟋蟀」有什麼相同的地方？啊，對了，它們有一個相同的部首「虫」。請你把下面有「虫」的詞語圈起來，並請爸媽或老師教你讀一讀。也許這些小動物或昆蟲是你認識的呢！

例子　螞蟻　蟋蟀

狐狸

蜜蜂

蚯蚓

鴨子

公雞

松鼠

蝴蝶

蝌蚪

熊貓

兔子

蜘蛛

蜥蜴

答案：蜜蜂／蚯蚓／蝴蝶／蝌蚪／蜘蛛／蜥蜴

文字小魔術

小朋友，中國的文字很有趣，有很多字是由兩個單獨的字相加起來組成的，去除當中的一個字，又會變成一個新的字啦！是不是有點像變小魔術？請仿照例子，你也來變變吧！

例子

1. 秋 ─ 禾 ─→ _____

2. 餓 ─ 食 ─→ _____

3. 好 ─ 子 ─→ _____

4. 糧 ─ 量 ─→ _____

5. 想 ─ 相 ─→ _____

6. 知 ─ 矢 ─→ _____

7. 晚 ─ 免 ─→ _____

附《蚂蚁和蟋蟀》简体字版

P.4-5

mǎ yǐ hé xī shuài yì qǐ zhù zài tián yě li　　zài yán rè de xià tiān　mǎ yǐ yì tiān dào
蚂蚁和蟋蟀一起住在田野里。在炎热的夏天，蚂蚁一天到

wǎn máng zhe zhǎo shí wù　zhǔn bèi guò dōng
晚忙着找食物，准备过冬。

P.6-7

xī shuài què bù gōng zuò　zhěng tiān zhǐ gù zhe wán shuǎ hé chàng gē　tā shuō　mǎ yǐ
蟋蟀却不工作，整天只顾着玩耍和唱歌。他说：「蚂蚁

xiān sheng　xiàng wǒ zhè yàng wán shuǎ duō kuài lè a　nǐ yě lái wán wan ba
先生，像我这样玩耍多快乐啊，你也来玩玩吧！」

P.8-9

mǎ yǐ shuō　zài xià tiān　wǒ men yīng gāi hǎo hǎo gōng zuò　chǔ cún liáng shi a
蚂蚁说：「在夏天，我们应该好好工作，储存粮食啊！」

mǎ yǐ shuō wán　jì xù qín láo de gōng zuò　xī shuài què réng dào chù wán
蚂蚁说完，继续勤劳地工作，蟋蟀却仍到处玩。

P.10-11

kuài lè de xià tiān jié shù le　qiū tiān yě guò qù le　dōng tiān zhōng yú lái le　tiān
快乐的夏天结束了，秋天也过去了，冬天终于来了，天

kōng zhōng xià qǐ le bái sè de xuě huā　dì miàn jié shàng hòu hòu de bīng
空中下起了白色的雪花，地面结上厚厚的冰。

P.12-13

xī shuài dào chù zhǎo shí wù　què yì diǎnr　yě zhǎo bu dào　rú guǒ wǒ xiàng mǎ yǐ xiān
蟋蟀到处找食物，却一点儿也找不到。「如果我像蚂蚁先

sheng nà yàng zài xià tiān li chǔ cún shí wù gāi duō hǎo a　xī shuài hòu huǐ de xiǎng
生那样在夏天里储存食物该多好啊！」蟋蟀后悔地想。

P.14-15

xī shuài è de dù zi gū gū jiào　zhǐ hǎo qù qiāo mǎ yǐ de mén　mén kāi le　xī shuài
蟋蟀饿得肚子咕咕叫，只好去敲蚂蚁的门。门开了，蟋蟀

shuō　wǒ yòu lěng yòu è　nǐ men kě yǐ gěi wǒ yì diǎn shí wù ma
说：「我又冷又饿，你们可以给我一点食物吗？」

P.16-17

mǎ yǐ shuō　xià tiān shí nǐ bù chǔ cún liáng shi　xiàn zài zhēn de yào ái è le
蚂蚁说：「夏天时你不储存粮食，现在真的要捱饿了！」

xī shuài shuō　wǒ zhī dào cuò le　yǐ hòu wǒ yí dìng huì nǔ lì gōng zuò de
蟋蟀说：「我知道错了，以后我一定会努力工作的。」

P.18-19

yú shì　mǎ yǐ yāo qǐng xī shuài jìn rù wū li
于是，蚂蚁邀请蟋蟀进入屋里。

dà jiā yì qǐ kuài lè de dù guò hán lěng de dōng tiān
大家一起快乐地度过寒冷的冬天。